Dedicated to my aumakua Honu,
    who guides me both in and out of the ocean.
        Aloha from your hānai daughter, Palapala

Mahalo to those who give freely of their time, creative energy and expertise.

Nan Hee Berg ~ Layout
John Kiah Berg ~ Technical Support
Skippy Hau ~ Hawaiian Honu Advice
Ipo Medeiros ~ Hawaiian Text
Michael Napier ~ Technical Support
Rocky Rohwedder ~Environmental Studies
And all my other helpers.

HAWAIIAN ALPHABET

LONG

ā	as in father	ō	as in rose
ē	as in obey	ū	as in rule
ī	as in marina		

SHORT

â	as in art	ô	as in low
ê	as in egg	û	as in pull
î	as in igloo		

Consonants

' (okina) in English = glottal stop

h, k, l, m, n, p, w ~ pronunciation as in English,

except: "w" ranges soft "w" + soft "v"

HONU
THE GREEN SEA TURTLE

Barbara E. Berg

**Honu is a green sea turtle.
Honu lives in a bay in Hawaii.**

He Honu ʻo Honu.
Noho ʻo ia ma ke kai kūʻono ʻo Hawaiʻi.

2

Honu eats seaweed and sea grass.
Honu can weigh up to 400 pounds.

ʻAi ʻo Honu i ka limu a me ka ʻakiʻaki.
Hiki iā Honu ke ulu a nui i ʻehā
haneli paona.

4

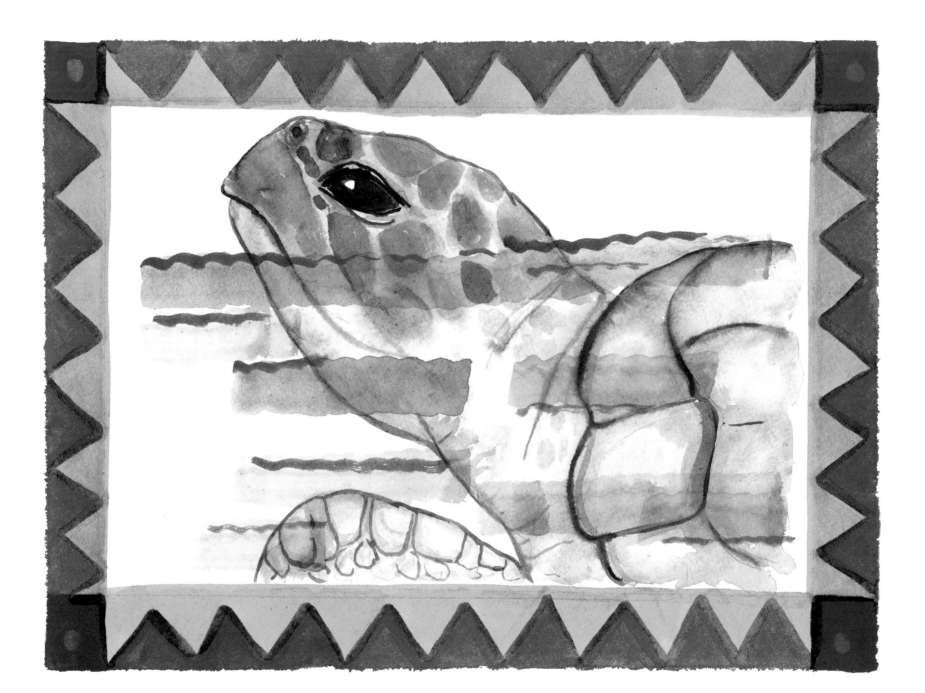

Honu comes up to the water's surface
to breathe air. Honu needs less air
when sleeping.

'Au 'o Honu i ka 'ilikai e hanu i ke ea.
I kā Honu hiamoe 'ana, 'a'ole pono 'o ia e
hanu ea he nui.

6

Honu mates while floating in the sea or on the sandy ocean floor.

Hoʻoipoipo ʻo Honu i ka ʻilikai ʻoiai ʻo ia e lana ʻana a i ʻole hoʻomaha ʻana ma lalo o ka papakū.

Honu lays her eggs on the shore.

Hānau ʻo Honu i kona mau hua ma
ka ʻaekai.

Honu is a reptile and hatched from an egg.

He 'ohana 'o Honu i ka mo'o a me ka nāhesa, a hānau 'ia 'o ia mai kekahi mau hua.

Honu lived 180 million years ago when dinosaurs were still on earth.

Ua ola nā honu ma kahi o hoʻokahi haneli miliona mau makahiki i hala, i ka manawa i ola ai nā nalala.

Honu has many friends in the bay.

Nui ko Honu mau hoaaloha ma ke
kai kūʻono.

Honu may become extinct because humans hunted turtles and are taking over the turtles' home.

'Ane'ane make loa 'o Honu, no ka mea 'alu'alu nā kānaka i nā Honu a e ho'opau 'ia ana ko lākou home.

Playful Honu sees Stingray's tail.

'Ike 'o Honu piha 'eu i ka hi'u o Hīhīmanu.

Honu chases Stingray.

ʻAluʻalu ʻo Honu iā Hīhīmanu.

Stingray chases Honu.

'Alu'alu 'o Hīhīmanu iā Honu.

24

Then Mano cruises nearby and Honu makes a U turn. Nobody gets in Mano's way.

'Au 'o Manō i kahi o Honu a huli alo 'o Honu. 'A'ole 'au kekahi i kahi o Manō.

26

**The sun is setting and Honu surfs
the waves.**

Heʻenalu ʻo Honu i ka nāpoʻo ʻana o ka lā.

Honu sleeps in the coral reef or naps floating in the bay.

Hiamoe ʻo Honu ma ka ʻāpapa o ke kai kūʻono.

ALOHA HONU